Die italienische Originalausgabe erschien unter dem Titel »Il Vasaio di Gerico«
© 1993 Edizioni Paoline, Cinisello Balsamo (Milano)
© der deutschen Ausgabe: 1996 Oncken Verlag Wuppertal und Kassel
Deutsch von Hanna Schott
Satz: Digital Service vom Schemm & Müller GmbH, Solingen
Druck: Sebald Sachsendruck, Plauen
ISBN 3-7893-7773-2 (Oncken Verlag)
ISBN 3-7252-0649-X (Rex Verlag)

Der Töpfer von Jericho

Francesca Bosca (Text) – Giuliano Ferri (Illustrationen)

rex verlag luzern

In einem kleinen Dorf auf dem Weg nach Jerusalem lebten
Tobit, ein junger Töpfer, und seine Mutter.
Eine schwere Krankheit hatte die Beine des Jungen gelähmt.
Nur mit Mühe konnte er aufstehen und an zwei Krücken ein
wenig herumlaufen.
Tobit liebte seine Arbeit. Das sah man deutlich an seinem
fröhlichen Gesicht und an der Leichtigkeit, mit der er die
schönsten Gefäße formte.
Seine Mutter war stolz auf ihn und sagte immer wieder:
»Wenn ich eine Königin wäre, würde ich dir jeden Krug
ganz mit Goldtalern füllen!«
Tobit lachte und freute sich über die Worte seiner Mutter.

Auch im Dorf wurde Tobit bewundert.
Oft hielten Reisende, die auf dem Weg nach Jerusalem waren, vor seinem Töpferladen. Manche machten sogar einige Stunden Rast, um zuzuschauen, wie Tobit den Ton vorbereitete, die Töpferscheibe in Schwung brachte, wie er ein Gefäß formte und es schließlich bemalte. Die Leute staunten über seine Geschicklichkeit und über die Schönheit der fertigen Krüge, Vasen und Schüsseln.
Trotzdem konnte Tobit am Ende des Tages nur wenige Münzen in seiner Schale zählen. Sie reichten gerade, um einen Krug Milch, ein Brot und eine Handvoll Feigen oder Datteln zu kaufen. Aber Tobit war damit zufrieden.
»Eines Tages«, sagte er zu sich selbst, während er mit offenen Augen träumte, »eines Tages werde ich alles, was ich getöpfert habe, verkaufen und noch viel schönere Gefäße machen. Dann werde ich meiner Mutter ein besseres Leben bieten, ein Haus mit einem Garten und schöne Kleider.«

In der Abenddämmerung, wenn es im Dorf still wurde, kamen oft Kinder zu Tobit. Bevor sie nach Hause liefen, trafen sie sich in seinem Laden, um noch ein wenig mit ihm zu plaudern oder eines seiner Meisterwerke zu bewundern. Tobit freute sich immer sehr, wenn die Kinder ihn besuchten. Sie spielten und lachten, und Tobit erzählte ihnen kleine Geschichten, die er sich ausdachte. Ab und zu stimmte einer ein Lied an, und alle sangen mit.

Eines Tages kam Tobits Freund Samuel zu Besuch in den Töpferladen. Er brachte eine große Neuigkeit mit. So aufgeregt war er, daß er kaum erzählen konnte, was er erlebt hatte.
»Gestern morgen war ich im Tempel in Jerusalem. Mein Bruder Eli war mit mir dort. Du weißt doch, Eli, der seit seiner Geburt blind ist. Ein Mann war im Tempel, den ich dort noch nie gesehen hatte.
Er redete mit den Leuten und erzählten ihnen wunderschöne Geschichten.
Unglaublich viele Menschen waren versammelt, aber als er zu Ende gesprochen hatte, kam dieser Mann zu uns und fragte meinen Bruder nach seinem Namen. Ich war so erstaunt, daß ich gleich für meinen Bruder geantwortet habe: ›Eli, Eli.‹ Und plötzlich hat dieser Mann mit einer Hand die Augen und das Gesicht von Eli berührt. Und dann geschah es: An die Stelle des Dunklen und Verschwommenen in Elis Augen trat ein Licht, das immer heller wurde, bis Eli vor Freude zu laufen und zu hüpfen begann. ›Ich kann sehen! Ich kann sehen!‹ rief er immer wieder.
Aber der Mann war verschwunden.«

Tobit und Samuel fielen sich vor Freude in die Arme. »Auch andere Kranke sind gestern im Tempel noch geheilt worden«, erzählte Samuel weiter. »Manche hatten vorher gehinkt, manche waren ganz gelähmt gewesen, andere stumm ... alle sind sie geheilt worden. Ein großer Prophet ist in Jerusalem!«
Zum ersten Mal dachte Tobit darüber nach, wie schön es wäre, wenn auch er geheilt würde. Aber wie sollte er jemals den Tempel erreichen? Und wer sollte ihn begleiten?

Einige Tage später wurde Tobit durch das Knirschen von Wagenrädern auf dem Weg aufgeschreckt. Ein Ochsenkarren durchquerte das Dorf.
Tobit verließ seinen Laden und bewegte sich auf den Wagen zu.

»Hallo, guter Mann! Wohin bist du unterwegs?« rief Tobit schon, als der Wagen noch weit entfernt war.
»Zum Tempel!« antwortete der Mann, der den Ochsen führte.
»Warte! Ich muß mit dir sprechen!«
Der Wagen hielt an, und Tobit überquerte mühsam die Straße.
»Ich will auch zum Tempel. Ist noch ein Platz auf deinem Karren frei?«
»Wenn alle ein bißchen zusammenrücken, müßtest du noch einen Platz finden. Aber zuerst mußt du mir die Fahrt bezahlen.«
Tobits Gesicht wurde mit einem Mal traurig. Er hatte nur zwei Kupfermünzen, und die würden niemals reichen.
»Ohne Geld brauchst du gar nicht erst aufzusteigen«, sagte der Mann und begann, seine Ochsen weiterzutreiben.
»In einem Monat komme ich wieder hier vorbei. Wenn du dann Geld hast, bekommst du auch einen Platz auf dem Wagen.«
Langsam setzte sich der Karren wieder in Bewegung und zog weiter nach Jerusalem,
zur Stadt Davids.

Tobit verlor nicht den Mut. Jetzt wußte er ja, daß es eine Möglichkeit gab, nach Jerusalem zu kommen, um dort den Propheten zu treffen, der heilen konnte. Tag und Nacht wollte er dafür arbeiten.

Der Frühling war nicht mehr weit. Bald würden die Pilger, die an seinem Laden vorbeikamen, zahlreicher werden. Dann konnte er viele Gefäße verkaufen und so das Geld, das er brauchte, verdienen.

Nach und nach füllten sich die Regale in seinem Laden mit ausgefallenen und schönen Stücken: mit Krügen, Schalen, Vasen und Öllampen. Und bald schon lagen auch in der Schale, in der Tobit sein Geld sammelte, die ersehnten zehn Münzen.

Tobit konnte es fast nicht glauben. Er zählte sie noch ein letztes Mal und versteckte sie dann sorgfältig.

Einen Teil der Münzen wollte er seiner Mutter geben, damit sie etwas Geld hatte, während er auf der Reise war.

Dann endlich kam der große Tag.

Tobit verabschiedete sich von seiner Mutter, stieg auf den Wagen und verließ Jericho. Das Knirschen der Räder auf dem Weg erschien ihm wie Musik.

Nur langsam kam der Karren voran. Aber daß Tobit in aller Ruhe die Landschaft betrachten konnte, vergrößerte nur seine Freude und seine Hoffnung. Bald würde er zum ersten Mal den Tempel in Jerusalem sehen. Und vielleicht konnte mit ihm geschehen, was Samuels Bruder erlebt hatte. Vielleicht würde auch er gesund werden.

Plötzlich hielt der Wagen. Eine junge Frau, die ein neugeborenes Kind im Arm hielt, trat auf die Reisenden zu. »Mein Sohn ist schwer krank!« rief sie weinend. »Aber im Tempel ist jemand, der ihn heilen kann. Bitte, laßt mich mitfahren!«
»Auf dem Wagen ist kein Platz mehr«, sagte der Mann, der den Ochsen führte, und befahl dem Tier weiterzulaufen.
Tobit sah den leidenden Blick der Mutter und des Kindes, die wie erstarrt am Straßenrand zurückblieben, und eine tiefe Trauer erfüllte sein Herz.

Während sich der Wagen langsam entfernte, hatte Tobit das Gefühl, als würde sein Herz immer größer und als schlüge es immer heftiger. Er wußte, daß er irgend etwas tun mußte, aber er konnte keinen klaren Gedanken fassen. Er dachte daran, wie viele Opfer es ihn gekostet hatte, bis er sich auf diese Reise machen konnte. Sicher war dies die einzige Gelegenheit, zum Tempel zu gelangen, wo er geheilt werden konnte.
Doch plötzlich befahl Tobit, den Karren anzuhalten. Er rief die Frau herbei und bat sie, seinen Platz im Wagen einzunehmen.

Ganz still stand Tobit am Straßenrand. Traurigkeit
überzog sein Gesicht wie ein Schleier, aber seltsamer-
weise fühlte er sich in seinem Inneren heiter und leicht.
Er hätte nicht genau sagen können, warum er so gehan-
delt hatte, aber er spürte, daß es richtig war.
Er begann an seine Rückkehr nach Hause zu denken.
Wie sollte er das schaffen? In wenigen Stunden würde es
schon dunkel sein.

In der Nähe standen einige Häuser.
Mühsam schleppte sich Tobit zu den Stufen vor einer Tür,
um ein wenig auszuruhen. Erschöpft schlief er ein.

Die laute Stimme des Hausherrn riß Tobit am nächsten Morgen aus dem Schlaf:
»Steh auf, du Landstreicher! Mach, daß du wegkommst!«
Dabei drohte er wütend mit einem Stock.
Voller Angst sprang Tobit auf die Beine und rannte davon, so schnell er konnte, aber ...
Was war passiert?
Seine Beine zitterten nicht mehr. Zum ersten Mal stand er da – ganz ohne Krücken!
Vielleicht träume ich ja, dachte Tobit und machte einige vorsichtige Schritte. Aber nein. Er konnte tatsächlich seine Beine bewegen. Ganz leicht war es, voranzukommen!
Tobits Freude war unermeßlich.

Durch ein Wunder war er in der Nacht geheilt worden.
Wie war das möglich?
Tobit hatte den Tempel nicht erreicht, und doch konnte er aufrecht auf den Beinen stehen. Und was war das für ein Umhang, der um seine Schultern lag?
Ganz verwirrt fragte Tobit den Hausherrn nach einer Erklärung. Der stand immer noch an der Tür und beobachtete ihn.
»Was weiß ich«, sagte der Mann. »In der Nacht hat doch noch ein anderer Landstreicher neben dir gelegen, der aus Nazareth. Vielleicht gehört der Umhang ja ihm, und er hat ihn vergessen. Aber jetzt mach, daß du wegkommst, sonst gebrauche ich wirklich noch meinen Stock!«
»Der aus Nazareth?« überlegte Tobit, während er von dem Haus fortging. »Wer kann das sein? Ist das nicht der Prophet, der Kranke heilt?«

30

Eine Weile lief Tobit, ohne genau zu wissen, wohin. So viele Fragen gingen ihm durch den Sinn, und er konnte kaum glauben, daß er wirklich geheilt worden war.
Er dachte an seine Mutter und stellte sich vor, wie ungläubig sie schauen würde, wenn er ohne Krücken nach Hause kam. Aber wie glücklich sie sein würde!
Plötzlich hörte er Stimmen. Er blickte sich um und sah, wie aus den umherliegenden Dörfern Männer, Frauen und Kinder zusammenliefen und laut rufend und singend Richtung Jerusalem zogen.

Auch Tobit lief dorthin, wo sich bereits ein großer Menschenstrom gebildet hatte. »Entschuldigung«, sagte er und hielt einen der Vorbeiziehenden an. »Weißt du, was hier los ist? Wohin lauft ihr alle, und warum habt ihr es so eilig?« »Wir wollen einen großen Propheten empfangen. Er heißt Jesus und behauptet, daß er der Sohn Gottes ist. Er wird nach Jerusalem kommen, um das Passafest zu feiern. Dort werden wir ihn vielleicht zum König machen.«
Staunend betrachtete Tobit die Menschenmenge, die fröhlich an ihm vorbeizog. Dieser Tag hatte sein Leben verändert und sein Herz mit einer großen Freude erfüllt. So viel hatte er zu Hause zu erzählen!

Dieser Jesus von Nazareth muß wirklich ein großer und mächtiger Mensch sein, dachte Tobit. Und dieses Passafest ist sicher für ihn ein ganz besonderes Fest.

Aber auch für Tobit und seine Mutter würde dieses Fest ganz anders als alle anderen Feste werden. Auf dem Weg nach Hause dachte Tobit noch einmal an die Frau mit dem kleinen Kind, an die Krücken, die er jetzt nicht mehr brauchte, an den Mann aus Nazareth, der neben ihm gelegen hatte, und an den Umhang, den er voller Stolz trug und von dem er sich nie mehr trennen wollte.

Schnell zu laufen, war so ein wunderschönes Gefühl. Die frische Luft berührte sein Gesicht, als streichelte sie ihn. Er hüllte sich fest in den Umhang des Propheten und lief und lief ...